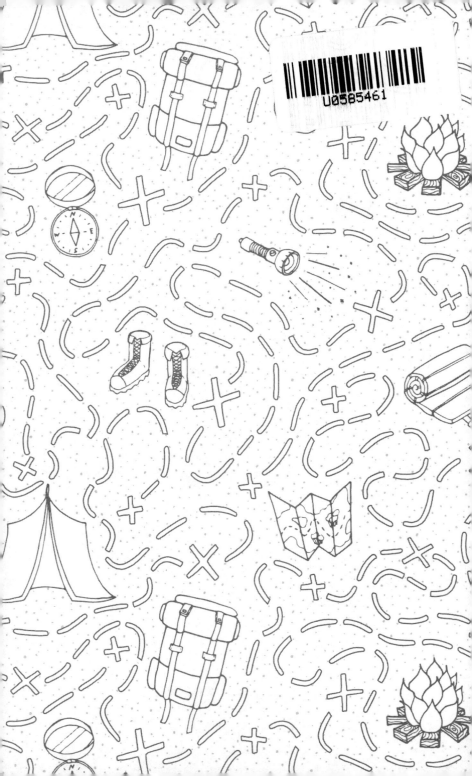

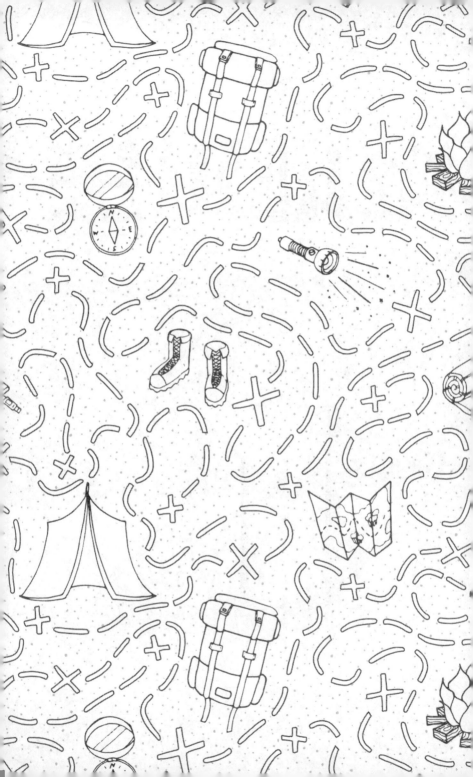

SURVIVOR DIARIES

DUST STORM!

绝地求生

荒漠劫难

[加] 特里·约翰逊 著 王旸 译

湖南文艺出版社
HUNAN LITERATURE AND ART PUBLISHING HOUSE

小博集
BOOKY KIDS

致我最好的朋友丹尼斯，
没有你就没有这一切。

目　录

第一章

"告诉我，在奇瓦瓦沙漠发生了什么？"

第一章 "告诉我，在奇瓦瓦沙漠发生了什么？"

"你当时害怕吗？"记者把他的手机放在我面前的咖啡桌上，并且按下了"录音"键。

"她当然害怕。"奶奶说着，在摇椅上越摇越快。

我不安地摸了一下自己的牛仔裤。我的爷爷奶奶不喜欢这个故事，我不想在他们面前再一次重复故事的细节。

爷爷把手放在奶奶的膝盖上，这让奶奶的摇椅慢了下来。"让珍来讲。"他平静地说。

"她是一个坚强、聪明的女孩儿。"奶奶对记者说，"你只要了解这一点就够了。"

"没错，女士。"记者附和道，"但我想听珍自己的版本。我正在写一系列以她这样聪明的孩子为主角的故事，他们都在野外经历了常人难以想象的危险，却奇迹般地活了下来。"

记者把目光重新转向我，正好看到我把手伸向妈妈招待客人用的华丽的盘子——上面的迷你奶油泡芙。我们家难得准备这种甜食。我把一个泡芙抛进嘴里。

记者的身体越过咖啡桌靠向我，说："告诉我，在奇瓦瓦沙漠发生了什么？"

"一切都太疯……"我一张嘴，一块泡芙就从我的嘴里飞了出去，落在了他的手机上。

"哎呀。"奶奶咕哝了一声。

我用手捂着嘴巴，把奶油泡芙咽了下去。"我的意思是……当时情况太紧急了。空气中都是沙子，感觉好像有一百万只蜜蜂在同时蜇你。狂风在我们四周咆哮，沙子吹进了我的眼睛里、鼻子里，我们什么也看不到。我永远不会忘记那时的声音……"

"珍，"记者打断了我，"我希望能够听到完整的故事。从头开始吧!这样,读者就会知道,如果他们遇到同样的事情该怎么做。来,告诉我。"他抬起了眉毛,"你是怎么活下来的?"

我想起了那一天。我想起了新墨西哥州无边无际的沙漠,想起了那时的炎热、恐惧和糟糕透顶的口渴。

"一切都要从贪吃蛇说起。"我说。

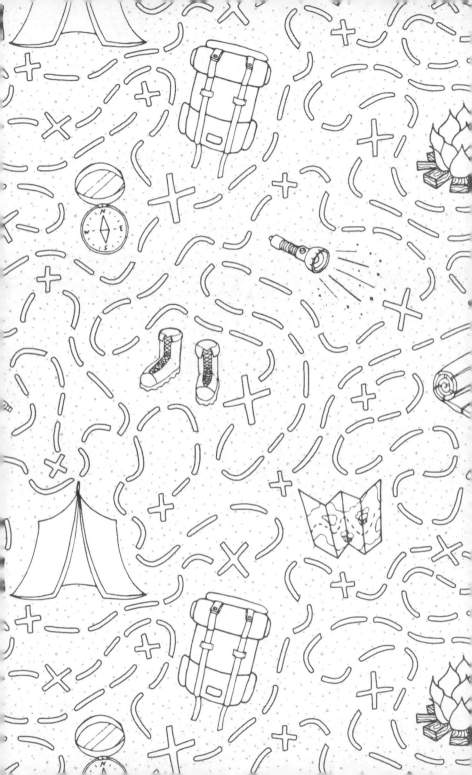

第二章

贪吃蛇沙漠寻宝之旅

两个月前。

面包车因为糟糕的土路而不断颠簸，我调整了一下耳机。作为车上仅有的两个女孩儿之一，要想被大家忽略，唯一的诀窍就是假装自己十分忙碌，完全沉浸在音乐中，这样就不会有人企图跟你搭话。

另外，一定要假装自己并不想念留在图森市的最好的朋友，那个因为要和家人一起过暑假而不得不错过这次寻宝的好朋友。

但这只是她的说法，我一直觉得她之所以望而却步，也跟这次活动的名字有关——"贪吃蛇"。我早就跟她说过，活动本身可能和蛇一点儿关系都没有。从这个巧妙的名字来看，很可能整个活动就像玩贪吃蛇一样，只有到达这一个藏宝地点，才能知道下一个藏宝地点在哪里。

我看了一下前面的座位，坐在那里的是我的死敌，马丁·迪亚兹，他也是孤身一人。自从我们离开图森市，他就在阅读一本关于新墨西哥州的书。他翻页的速度极慢，这让我在越过他的肩膀偷窥书上内容的间隙，得以欣赏窗外灰色的风景。一眼望去，到处都是平顶山、石头岭、枯草和三齿拉雷亚灌木。高大尖锐的龙舌兰看起来像一个个标点符号。

　　我本希望一到拉斯克鲁塞斯，就能找到令人兴奋的地貌，但相比之下，我唯一关心的是寻宝过程。我要击败俱乐部里的所有人，特别是马丁·迪亚兹。明天，我要赶在马丁之前找到所有宝藏，并留下属于我的符号——友谊戒指，好让马丁来到此处时知道自己究竟败给了谁。我将成为俱乐部寻宝巨星名单上的一员。这样，马丁就不得不承认我有多么厉害。我要让他后悔自己不再是我最好的朋友。

　　倒不是说我有多在意他，只是从去年开始，他就不再和我说话了。但是，在很久以前，我们两个经常在我们两家的后院玩，在橘子树中间打造要塞，穿上我爷爷奶奶的旧衣服为他们表演话剧，但那已经是太久以前的事了，我已经全不记得了。我一点儿都不记得，也一点儿都不在乎。

　　马丁翻到了下一页。我决定偷偷读下去。

新墨西哥州古老的克洛维斯文化。

　　如今，奇瓦瓦沙漠主要为雨影沙漠。东西方向巨大的山脉阻挡了来自大海的潮湿的水汽。如果你身处沙漠气候区，那么保持水分十分重要。记住，每个人一天至少要喝四升水。

　　❦ **避免流汗**：流汗会让你失去水分。

　　❦ **不要惊慌**：在迷失时，惊慌是致命的。保持冷静，留在原地，等待搜寻队伍来救你。如果有的话，最好使用信号镜。

ⴲ **观察气候**：在暴风雨即将来临前，赶快躲到高处。远离干河床和干河谷，因为山洪可能随时暴发。

"嘿!"马丁合上了书，回过头来看了我一眼，说："不许偷看。"

我本想回击他，但就在此时，面包车停了下来，并且发出了不详的"砰"的一声。我摘下耳机，放进口袋。我听到面包车的车轮还在不停地旋转，但我们的车却停滞不前。车上的所有人都喊了起来，李先生也从座位上站了起来，和司机沟通了片刻。

"所有人，安静下来。"李先生喊道，"不要乱动，我们先下去看看是什么问题。"说完，他和司机跳下车，去查看路况。

所有人都挤到了面包车的一侧，扒着窗户往外看。

"这下好了！卡住了！当时就应该让我来开。"

"说得好像你会开车一样，李先生。"

我试图躲开那些扮小丑、推来挤去的男孩儿。

"我们都要死了！"

"别傻了，可能只是轮胎泄气了。快看！"

车外，李先生把手机高高举在空中，到处找信号。最后，他不得不放弃寻找，把头伸进车里。

"嘿，大家听我说。我们哪里都去不了了，但寻宝的起点离这里不远。我先过去看看其他队伍是否到达，能不能过来帮我们。你们要留在这里和斯隆夫人一起等待，并帮她搭好遮光油布。我希望所有的寻宝者都能好好表现。"他看了我们一眼，"我很快就回来。"李先生一边准备出发，一边嘟囔个不停，咒骂这个活动的组织者，以及为什么要选一个道路状况如此之差的地方。

我们都下车去帮斯隆夫人搭遮光油布。一离开有空调的车厢，我们就被扑面而来的热气包围了。我看到面包车和托运车的车轮在路上碾出了一条深深的车辙。看来，我们需要一辆拖车。

我拿出手机，准备给妈妈发短信。我希望她告诉我，这种事情很常见，所以不需要担心。

但手机完全没有信号，也没有网。我只好把手机重新塞进书包里。

大家都已经接受了自己被困在这里的命运，围坐在斯隆夫人的周围。斯隆夫人身边放着从车里拿出来的冷藏箱。意识到我并不需要书包后，我决定把它放回车上。但就在我打开车门之前，我透过玻璃看到了马丁的脑袋。他躲在车上干什么？

第三章

形迹可疑的马丁

马丁俯身站在李先生的公文包前。我暗暗吃了一惊。难道那里面有宝藏的位置信息？如果马丁知道了宝藏的纬度和经度，那么，他不用解开任何线索就能找到宝藏，这样他就会一举击败我。我看到马丁拿出了他的全球定位系统装置，他是准备输入纬度和经度作弊吗？

当马丁转过头时，我赶紧蹲下。马丁把全球定位系统装置塞进了自己的口袋里，似乎察觉到自己的行为被人发现了。我刚刚下车，成功躲到了车子的另一侧，马丁就从车上跳了下来，并向托运车冲去。

在马丁离去后，我爬到了车子前排的座位，想看看他刚才到底在做什么，但李先生的公文包已经合上了，没有任何证据证明马丁曾经做过手脚。我把书包放在自己的座位上，下了车，看到斯隆夫人正从冷藏箱里拿水给大家喝。

　　就在此时，马丁骑着自己的山地自行车从托运车里冲了出来。大家都坐在阴凉处，而马丁冲向了和大家完全相反的方向。看到马丁回过头来，我赶紧躲到了面包车的后面。马丁加速冲向斜坡，冲过山顶，然后从我的眼前消失了。

　　马丁肯定认定自己可以率先找到一处宝藏，并第一个把自己的蛇形记号留在宝藏所在的位置。这样，他就可以赶在所有人之前得到下一个宝藏的线索，并率先到达下一个藏宝地。更糟糕的是，如果他已经知道了所有宝藏的位置，那么他肯定会击败我。我可不能让这样的事情发生！我必须阻止他！

　　我赶紧跑到托运车里取出我的山地自行车。我拿起头盔，做好上路的准备。我必须选择一个最好的时机。就在斯隆夫人再次把注意力投向冷藏箱时，我全力加速冲上了山坡，越过了河岸。

离开其他人的视线后，我打量了一下四周。我身处盆地，四处都是沙漠。这里没有图森市那种树木，也没有高大的树形仙人掌，只有一些灌木，点缀着脚下因为太阳暴晒而变得坚硬的沙地。沙漠的太阳简直太毒辣了。我一手遮住刺眼的阳光，开始寻找马丁。他就在我前方，离我越来越远，银色的头盔起起伏伏。我骑车追了上去。

我必须全神贯注才能躲开低矮多刺的灌木。马丁似乎也遇到了同样的挑战，所以一次也没有回头。

马丁肯定是在寻宝。不然，他为什么要一个人偷偷跑到沙漠里来？他已经把宝藏的位置输进了全球定位系统装置。他真是个坏蛋！只要我能够从马丁的山地自行车的车把上拿到全球定位系统装置，

我就能证明这一切，到时候他就无话可说了。

　　我追了上去。头盔里都是汗，汗水顺着我的太阳穴流了下来，但很快就干掉了。干燥的空气吸干了每一滴水。马丁全神贯注地看着面前的路和自己的全球定位系统装置，以至于直到我追上去他才看到我。

　　"你在干什么?"我甜甜地问道。马丁抖了一下，仿佛自己刚刚被电到了，然后整张脸涨得通红。我指着他问:"你不是在作弊，对吧? 即使对你来说，那样做也太卑鄙了。"

　　马丁喘着气，张口结舌。过了一阵，他好像才完全明白这是怎么回事。他把手伸进口袋，说:"我也可以让你看一下，知道这个秘密的只有我们两个人。"我看了一眼他拿出的那张纸。

六月，新墨西哥州拉斯克鲁塞斯

贪吃蛇沙漠寻宝之宝藏位置名单

马丁取下他的全球定位系统装置，对着我，说："看到了吗？第一个宝藏离这里很近，我觉得应该就在半英里①之外。"

我看着马丁指向的地方，说："我们不应该——"说到一半，我发现天色不太对劲，看起来就像有什么东西在离我们不远的地方爆炸了。

很快，我就看清到底发生了什么——天空中出现了一堵尘土形成的墙。它高高在上，遮住了全部的阳光。

"那是什么？"马丁把手放在眼睛上，凝视着空

---

① 英里：英美制长度单位。1 英里 = 1.609344 千米。

中的尘土。

"它是不是在向我们靠近？"我问，不由得有些惊慌。

突然，一阵大风吹来，险些让我们从山地自行车上掉下去。我们对视了一眼，彼此眼中都充满了惊恐。

我转过身抓紧山地自行车的车把。"快骑！"我大声喊道，但我的声音完全被大风掩盖了。

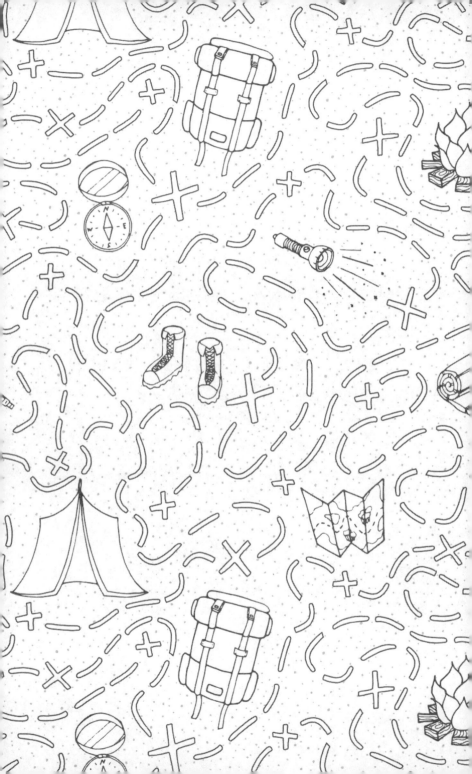

第四章

沙尘暴来了！

我回头看了一眼天空中的云彩。天空一片淡黄，仿佛被成千上万只蝗虫所掩盖，而且那些"蝗虫"离我们越来越近。

我终于知道那是什么了。我从来没见过这么大的……

"沙尘暴！"马丁尖叫道。

我们全速蹬车，企图把沙尘暴甩在身后。说不定我们的速度能快过沙尘暴。由于地面不平，我竭尽全力握住车把，才让车子不脱手。**不要撞到那个刺梨仙人掌！集中精力，避开石头！**

不要回头！

"快一点儿！"我对马丁喊道。

我像旋风一样全力蹬动双腿。应该已经把沙尘暴甩在身后了吧？我这辈子从未骑得如此之快，沙尘暴肯定追不上我。但我现在肯定不能停下来，不

知沙尘暴到哪里了？

我刚一回头，一面巨大而令人窒息的沙土之墙就扑了过来。

我眯着眼，但尘土和沙子还是吹进了我的眼睛，我的眼睛火辣辣的。沙尘不断鞭打着我的肌肤，我散落的头发也在狠狠抽打我的脸。

空气中到处都是沙子，我几乎无法呼吸。为了避免吸入沙子，我用一只手捂住嘴，剩下一只手苦苦控制着车把的方向。

风裹挟着无数的沙子，灌进了我的 T 恤。

一眼望去，到处都是沙子，我已经看不到马丁了。我被困在一个孤立的世界里，不断被沙子刺痛，同时呼吸困难。周边的一切都看不到了。我只能寄希望于山地自行车走的是直线。

当我路过某个地方时，我的脚踝蹭到了一个尖锐而且锋利的东西。我张开嘴想要痛呼出声，结果被灌了满嘴沙子。

我噎住了！

我赶紧将嘴里的沙子吐了出来，然后紧紧闭上了嘴巴。

我的身上火辣辣的，空中的沙尘像黄蜂一样不断地蜇我。我完全不知道马丁去了哪里。

一个黑影正在向我靠近。等一下，那是马丁吗？

一棵折断的树横空飞来，险些撞到我。树干砸在地上，又弹了起来，爆炸似的四分五裂，变成了无数残骸，很快被风带走，和刚才突然出现一样又突然消失了。

我停了下来，用手挡住灼痛的双眼。**快停下来吧！**我快要被沙子吞噬了。我的心跳不断加速，整个身体也开始颤抖。

第四章　沙尘暴来了！

狂风怒吼，其声音之大，如同一架喷气机。过去，我曾躲在家里看过户外沙尘暴肆虐，但是身处其中的感觉截然不同。我现在可以亲耳听到沙尘暴的怒吼，感受狂风锋利的牙齿，并尝到沙子的味道。

我知道我应该从山地自行车上下来，蹲下。这样一来，我至少可以腾出双手保护自己，我可以挡住我的耳朵、眼睛、鼻子，我可以把头埋在衣服里。

但我不想被马丁丢下，我也不想失去我的山地自行车，一个人孤零零地留在沙尘暴里。我最后一次看到马丁时，他正企图骑车甩开沙尘暴。我不知道该去哪里，但无论去哪里，都比留在这里强。我眯起眼睛，继续前进。

马丁去了哪里？我听不到他的声音，也不能喊他，因为我完全无法张嘴。再说，即使我喊出声，也会被呼啸的风声所掩盖。

　　突然，我看到了马丁。他就在我身旁，像是一个云中的幽灵。我们的山地自行车差点儿撞到一起。但很快，我们又分开了，马丁再次消失在沙尘里。

　　我听到了一声哀鸣。是马丁在叫，还是风的声音？这个声音究竟来自哪里？现在，我能听到的只有风声。

　　那个声音又出现了一次，又是一声哀鸣，我感到大事不妙。

　　我蹬着车子，径直往前冲，吃了不少沙子。突然，我感到身下一空，感觉不到山地自行车的存在了。我腾空了，什么也看不到，只是不断下沉。

　　这里是一道悬崖。

第五章

逃出干河谷

我还在下坠。

我感觉自己的心跳到了嗓子眼儿。

我重重跌在了地上。

压在身下的是我的山地自行车，它承接了我的全部重量。我的脸撞到了什么坚硬的东西，因为疼痛，我忍不住流出了眼泪。我低呼一声，从山地自行车上滚了下来，一只手微微颤抖地摘下头盔。我感觉自己好像刚从过山车上下来，整个身体还在适应地表的平静。我躺了片刻，心有余悸，头昏脑涨，感觉整个人只剩一副空骨架。

终于，我抬起头小心地看了一眼四周。天空中沙尘暴还在继续，但这里的情况要好得多。至少，我可以看到数英尺 ① 之外的东西。我手脚并用，挣

---

① 英尺：英美制长度单位。1 英尺 = 0.3048 米。

扎着匍匐前进。我感到浑身刺痛。我的脚踝因为蹭到了什么坚硬的东西而火辣辣的，我无暇理会，只能不断前进。

"马丁！"

马丁在自己的山地自行车旁缩成了一团。我抓住他的肩膀，马丁呻吟了一声。看到他抬起头，我不禁松了一口气。

我们蹲在一起。上空的风沙还在持续飘过。我把口中的沙子吐了出来，闭上了饱经摧残的眼睛，惊魂未定，耳朵里全是心脏跳动的声音。我企图在心中给自己唱歌，假装自己身在别处，假装我听到的咆哮声不是真的。我摸了摸因为跌落而撞到的隐隐作痛的鼻子，多半因为戴了头盔，我的鼻子才没受更重的伤。

终于，沙尘暴开始减弱。就像突然兴起一样，大风突然停止了。马丁和我慢慢分开，开始眨着眼睛打量四周。我的耳朵因为突如其来的平静而轰鸣不已。我们身处一个又深又窄的峡谷，到处都蒙着一层厚厚的沙子和灰尘。

我们挣扎着站了起来。我的头还在疼，皮肤刺痛，脚踝上、鼻子上和手上的伤口都在流血，眼睛也有些发肿。马丁则看上去嘴唇发肿，眼睛也又红又肿。他脱下头盔摔在地上，脑袋上戴的宽边帽的帽檐卷了起来。

我恍恍惚惚地从袜子上拔出了三根仙人掌刺："啊！"

我的叫声惊醒了马丁。"我的山地自行车！"他一边喊一边跪到自己破碎的山地自行车旁。"我完了。"马丁说，"这是爸爸刚给我买的。"

山地自行车的前轮被撞坏了，向后弯曲着。我对他有些同情，因为我见过他爸爸发怒时的样子。
我也来到自己的山地自行车旁查看情况。前叉倾
斜，前轮严重变形，车把则向后弯曲。

"你的全球定位系统装置还好吗？"我问道。

"找不到了！"马丁开始在地面摸索，"哦，不，
我真的完蛋了。"

我环顾四周，问："我们这是在哪里？"我看了
一眼两边高耸的谷坡，谷坡看起来和我家的房子一
样高。我们在一个弯弯曲曲的山谷里，这里看上去
就像《星球大战》中的场景。

"我们在一个干河谷中。"马丁道。

他说得对。在沙漠中，大量降雨可以冲出一条
河道，这就是为什么这里就像曾经有一个巨大的推
土机从中间经过一样。但当时经过此处的雨水已经
消失很久了，一切都已干涸，剩下的只有尘土。两

边的谷坡看起来异常陡峭。

"快！"马丁一边说一边试图爬上去，"我们必须回到上面，不然我分辨不出我们究竟在哪里。"他抓住了一个草根，但脚下一滑，又摔倒在地。

我们开始试图爬上谷坡，但很快发现谷坡太高并且太过陡峭，而且上面都是松散的岩石和沙子。我看了一眼天上的黑云，想起之前在面包车上从马丁的书上看到的内容。

"嘿！刚才那应该是沙尘暴。"

"不然呢？"

我看了马丁一眼，说："我们不能待在这里。沙尘暴之后一般是暴风雨，对吧？雨可能已经开始下了！即使下雨的地方离我们有 10 公里远，雨水也会很快冲进这个干河谷。我们现在身处暴风雨后最危险的地方！我们必须到更高的地方去。"

马丁警觉地打量了一下四周。我可以看出，他知道我说的有道理。

"我们必须快点儿，现在！立即！马上！必须离开这里。"马丁惊恐地说。

"等一下。"我检查了一下山地自行车，想看看还有没有值得带走的东西。头盔就在山地自行车的旁边，看上去有些裂了。头盔已经坏掉了，我不想把山地自行车也留在这里，但考虑到它的轮胎的状况已经非常糟糕，要想把山地自行车推走也不太可能，而且我们也没时间了。情况危急，我们必须马上离开。

我们只有两个选择，一个是爬上谷坡，我们已经失败了，另一个则是沿着干河谷前进。我看了看左右两个方向。在弯弯曲曲的干河谷里，我能看到最远的地方就是河谷的下一个转弯处。马丁开始向左跑去。

我迟疑了片刻，问："你怎么知道左边是正确的方向？"

"凭感觉！"马丁已经快跑到了转弯处。我最后一次看了一眼右边，然后冲马丁追了上去。

我们踏着岩石和尘土，在干河谷中狂奔。我感觉我们身后随时会传来巨响，那是随时可能淹没我们的巨浪。

届时，水会一点点多起来，直到无数雨水形成洪流，足以将我们冲走。如果真的发生那样的事情，我们将毫无办法。被困在干河谷中的我们会被湍急的水流毫不留情地淹没。

冷静！我告诉自己。**那样的事情不会发生。**

我一路狂奔，感觉后背好像随时可能受到水浪的冲击。我静耳聆听着随时可能出现的洪流的声音。

　　干河谷绵延不绝，弯弯曲曲。每到一个转弯处，我们都期盼那之后就是出口，但这一期望每次都在看到高高的谷坡之后以失望告终。我们似乎已经跑了好几个小时。我又看了一眼天空。天上乌云密布，让我更加惊恐，脚上的速度更快了。我口干舌燥，不断地呼出运动导致的热气。

　　"找到了！"马丁在前方喊道。他终于在连绵的谷坡中找到了一个豁口，我们可以从那里爬出去。

　　我们争分夺秒地爬上了豁口。松散的尘土下有什么坚硬的东西，我一把抓紧了它。我终于爬了上去，远离了危险地带。我看了一眼刚刚困住我们的干河谷，大大松了一口气。马丁和我拍了拍身上的尘土，对视一眼，然后开始观察我们现在所在的位置。

　　一眼望去，四周都是遥远而陌生的山脉，杂草丛中的沙砾一直延伸到地平线，平坦的地面上再无他物，只有老鹰偶尔低空滑过。

"我们这是在哪里？"马丁小声问道。

我害怕极了。虽然我们看得清四周，但我们根本搞不清该朝哪个方向前进。

第六章

为了水，向着风车前进

"**我们这是在哪里?**"马丁又问了一次。这次他的声音大了很多。

当我们看到对方的眼神时，我看到的是和我相同的恐惧。

"救命!"我喊道。或许斯隆夫人或李先生正开着面包车到处找我们，我很后悔出发前没有从冷藏箱里拿一瓶水。"我们在这里!"

我听到的唯一的回音就是附近灌木丛中几只小鸟的叫声。我企图咽一下口水，但我的喉咙像砂纸一样粗粝，嘴里还有不少沙子粘在了舌头上。

"我觉得面包车应该在那个方向。"马丁指着正前方道。

"不，我觉得应该是这个方向。"我指向左侧。

放眼望去，四周除了山脉再无其他明显标志。面包车到哪里去了?我们该怎么走?一切看起来都那么相似。到处都是灌木、沙砾、荒草和裸露的山脊，我们完全无法分辨方向。我感到闷热的天气带来的压力正在一点点地将我碾碎。

我感到自己越来越惊慌。但幸运的是，至少太阳被远方浓厚的乌云挡住了。

就在我这么想的时候，太阳还是逐渐露了出来，阳光直直地照在我的头顶。我遮住眼睛，开始后悔刚才因为破裂而抛弃了头盔，不然，头盔现在至少可以用来遮阳。头盔是我爷爷在商场里替我选的。想到这一点，我更后悔把它丢在干河谷了。

但这并不是最糟糕的，最糟糕的是我们没有水。

"我们该怎么办？"马丁喊道。他的呼吸越来越急促。

"无论如何，我们都必须保持冷静。"我一边打量四周一边说，"书里写着'惊慌是致命的'。"

"什么？"马丁握紧拳头问。

我转身看向马丁，他身后有个闪光的东西吸引了我的注意力。那是阳光在风车的叶片上形成的反射。

"快看！"我指着风车说，"风车可以抽水，这才是现在最重要的事情。在沙漠里，我们每人每天必须至少喝四升水。"

"你怎么知道？你是从哪里听到这种说法的？"

"你的书里！难道你忘了吗？你可是刚刚读过这一段。"我的记忆力一直很好，我的大脑像手机一样可以照相，这让我可以不断翻阅自己读过或见过的东西的照片。这是个很棒的能力，但当别人记不起来这些东西时，就会让我感到很懊恼。

我的话让马丁更生气了。"你这么聪明，那你为什么不带些水在身边？"

　　"还不是因为你偷看李先生的东西才让我们陷入现在的困境！"我提醒马丁道，"我们先去风车那里吧。找到水后，我们再想下一步的计划。"

　　在前往风车的路中，我忍不住舔了舔嘴唇。嘴巴太干了。

　　"在沙漠中，最重要的是节约水分。"我说，"我们绝对不能浪费自己体内的水分，所以不要再跑了，我们不能再流汗了。"

　　"怎么才能不流汗？"马丁问，"这里简直有一万摄氏度。而且，我们之所以跑是因为你说我们必须尽快离开干河谷。"

　　"我记得。不过，你至少还有一顶帽子遮阳。"我一边说一边看着他的宽边帽。看着马丁的帽子，让我觉得我的脸和鼻子更热了。

阳光不断烘烤着我的大脑。我的心跳得很快，脸也因为沙土附在干涸的汗水上而变得僵硬。

马丁看了我一眼，问："你的帽子呢？你也需要一顶帽子。"

"如果能用仙人掌刺做一个就好了。"我在一个巨石上坐了下来，脱下鞋子抖出了里面的沙子。我看了一眼刚才被仙人掌刺扎到的脚踝，仿佛浑身的伤口都开始发作，我的鼻子还在因为掉进干河谷而疼痛。我摸了摸掌心的伤口，不由得哼出了声。

马丁弯腰靠近我。我让他看了一下自己的伤口。

马丁"啧"了一声又站了起来，说："看上去没那么糟糕！不要再抱怨了，接着走吧。"

我站了起来，摸了摸鼻子，说："我不是在抱怨！我浑身上下都是伤口，它们可能随时会被感染！"我感觉自己快要哭了，这让我更加恼怒。我可不想在马丁面前哭出来，我可不愿被他看成一个小孩子。"你为什么这么讨厌我？"

马丁摇了摇头，说："我很渴，而且还在流汗。我们不要再说下去了。"他开始继续前进。

在一段时间内，我们一言不发，唯一的声音就是我们的脚步声以及四周灌木丛中虫子发出的窸窸窣窣的声响。

我想妈妈了。我需要她因为我手上的伤而大惊小怪，她会在创可贴上画个笑脸，然后再帮我敷在伤口上。

马丁放慢了脚步，最后完全停了下来。他又看了我一眼，然后脱下了自己的蓝色条纹衬衫。

"你在做什么？"我问，"我们应该尽量避免被阳光晒到。"现在我们都穿着T恤，但我知道在沙漠中穿上长袖衫才是最理想的，但好在我们两个穿的都是长裤而不是短裤。

马丁无视我，接着脱下了自己的 T 恤。

"给你。"他把 T 恤递给了我。T 恤的颜色和大地的黄色很像。"这样你至少可以盖住头。"马丁又穿上了条纹衬衫，系上了脖子上的纽扣。

"谢谢。"我努力说出这两个字，然后把充满男生气味的 T 恤缠在头上，这样做的效果立竿见影。我弯下腰，把裤子塞进袜子里。虽然我的跑步鞋无法抵御蛇的攻击，但我至少可以不让沙子进到袜子里。我的脚后跟和脚趾的周围都是沙子。沙子无处不在。

我的眼睛还在因为沙尘暴而隐隐作痛，耀眼的阳光经由地面的反射，进入我的眼睛，让我的眼睛更加难受。我多么希望自己戴着墨镜。我头上的 T 恤挡住了部分阳光，但其效果无法和马丁的帽子相比。虽然戴着帽子，但我看到马丁也眯着眼。阳光太刺眼了。我抬头看了看天空，希望有迹象表明，即将有云飘来挡住太阳。云朵或许还能带来一些雨水，但也有可能很快散开或者飘去别的地方。

我们走哇走，这条路仿佛无穷无尽。我企图忽略自己有多么渴这个事实。马丁说得对，为了让口水不被蒸发，我们必须闭着嘴。我的口水已经干涸，我的舌头也在发疼。为什么我没有带些水？以及，为什么我们要离开大部队？

现在，风车是我们唯一的希望。

我第一眼看到风车时，我以为它并不远，但我现在满脑子想的都是自己有多么渴。这一切都是因为炎热。在城市中，我可以随时躲进有空调的店铺，或者坐进车里让空调的冷风直直吹向我的脸。但在这里，我们无处可躲。四周一点儿可供遮挡的东西都没有。举目望去，只有无穷无尽的炎热。

当我们终于爬过一道山脊，可以俯瞰风车时，我已经有些头晕眼花了。我几乎无法攒够足够的口水咽下去。

但我们马上就有水喝了。喝了水以后，我们就可以恢复正常的思维了。到时候，我们可以好好想想下一步该怎么做。

我们踉踉跄跄地走向风车，终于来到了椭圆形的水箱前。但当我们爬上水箱时，我们不禁惊呼一声。

水箱里没有水。

"我们死定了。"马丁说，"这里没有水，我们会渴死的。"

"让我们冷静一下，好好想想。"

"都是你的错!"马丁转向了我，用手指着我说，"'去风车那里'，这是你的原话，'风车可以抽水'。有你在，我们能活这么久已经算是奇迹了。"

马丁的话占据了我们的脑海，我们的感觉更糟糕了。马丁说得对，我们真的有可能死在这里。一想到我们现在所处的境地，我的心不禁一沉。

"不论怎么说，你的书里是这么写的。"我说，"为什么你让我觉得我好像是唯一读过这本书的人?"

马丁假装没有听到我的话。他研究了一下风车金属框架侧面的杠杆，然后开始猛拉它。"拉动这个应该能让风车开始转动的。"他抬头看了看风车的叶片，情绪开始变得高涨，指着叶片说："我看到齿轮箱旁边有一个杠杆，这个一定是坏的。我爬上去让风车转动起来。"

马丁踩着架子上的梯级，很快爬了上去。当他到达最上方时，不知他做了什么，风向标弹了起来，叶片因为热风开始旋转。

我焦急地紧盯着水箱。"还是没有水。"我说，"现在出来的都是土。"

马丁气喘吁吁地往下爬。他一不留神，错过了一个梯级，掉进了旁边的灌木丛里。

"这个破梯子。"马丁挣扎着站了起来。看到他的样子，我不禁惊呼一声。马丁身上到处都是带刺的球状物，他的衬衫上、裤子上、裸露的手臂上，带刺的球无处不在。马丁看上去就像一只刺猬。

"仙人球扎到我了！"马丁紧张地上蹿下跳，"快把它们都弄走！"

"不要动，让我瞧瞧。"

马丁慌张地用手去掸仙人球，但这只会让仙

人球从他的身上跑到他的手上来。"啊！救命啊！把它们弄走。"马丁开始在风车的架子上蹭他的手。终于，仙人球开始脱落了。

看到马丁手忙脚乱，我努力忍住才没笑出来，说："你一直乱动，我怎么帮忙？"

马丁伸出他那双还扎着几个仙人球的手，说："不要碰它们，它们会扎到你的。"

我看到地上有两个平滑的石头，说："我们可以用那两块石头。让我看看你的胳膊。"

马丁努力让自己一动不动，以便我能仔细观察他胳膊上的仙人球。仙人球的刺深深扎进了他的身体里。他裸露在外的胳膊上有三个仙人球，裤子和衬衫上还有四个。

"小心！小心！"马丁喊道。

我把两块石头放到马丁胳膊上的一个仙人球的

两侧，利用这个巨大的镊子，我一下子把仙人球拔了下来。

　　"啊！"

　　仙人球从"镊子"中脱落，顺着胳膊往下滑，然后扎在了马丁的手臂上。

　　我加大了力气。

　　"啊！"

仙人球掉在了地上，旁边还有几滴血。"成功了！"我说。趁着马丁来不及躲闪，我又弄掉了一个仙人球。

"啊！等一下！你能不能先打个招呼！"马丁握住胳膊开始检查伤口。他手上还有几根仙人球刺。马丁抓住一根刺，用力一拔。

"啊！"每拔出一根刺，马丁都会大叫一声。他深深吸了一口气。"我感觉我的皮肤像是着火了。不过，我们要把它们都解决掉。"

我一个个弄掉了所有的仙人球，马丁又是尖叫，又是流血。看到这惨不忍睹的一幕，我决定从此以后一定要远离仙人掌。

我看了一下马丁的后背。"后面还有几个仙人球。"我一边说，一边回想起几年前的圣诞节，那时我和马丁一起跟我的小猫玩。

绝地求生 荒漠劫难

小猫跳进了一个全是小泡沫球的箱子，然后露出一脸惊恐的表情。我们虽然明知小猫不喜欢被嘲笑，却忍不住狂笑起来。它黑色的毛发上都是粉红色的泡沫球，这令它几乎抓狂。小猫开始狂奔，想要努力甩掉身上的泡沫球。在这整个过程中，它的动作都伴随着爸爸播放的一首老歌：《大火球》。

"哎呀，天哪，大火球。" 我低声唱了出来。

马丁忍住了笑。看到他这样，我不禁笑了出来。

"还好仙人球不是粉色的。"马丁说。

我们又像从前一样开怀大笑。但在我弄掉最后一个仙人球后，马丁的笑声被哭声替代了。

我最后一次看到马丁哭泣，是在我们打赌看谁能不扶把手从自杀岭冲下来的时候。那次他摔到了地上，然后哭着跑回了家，我则独自一人把我们两个人的山地自行车推回了家。

　　看到马丁哭了，我有些不知所措，只好把目光投向其他东西。我看了一眼手中的石头，突然发现它看起来很像一个矛尖。我仔细打量了一番，发现石头尖锐的边缘像刀一样锋利。"嘿，这是克洛维斯矛尖。"

　　"什么？"

　　"你知道历史上的克洛维斯人吗？这里最早的居民。这是一个有着超过 1.3 万年历史的工具，而且它依然很锋利！这也太厉害了吧！"

　　"你在说什么？"

　　"你的书里写的！就是你之前在读的那本关于新墨西哥州的书。"

　　马丁抽了抽鼻子，用奇怪的眼神打量了我一番，然后不再理我。他从口袋里拿出一张纸，是那张写着宝藏位置的纸。

"这张纸真的能帮到我们吗?"我问。

"我想试着找到我们现在的位置。从这张纸上可以看出,宝藏之间的距离并不远。"马丁蹲了下来,在地上画了一条线,"第一个宝藏离道路大概有半英里的距离,在这里。"在离那条线不远的地方,他画了一个圆点,"而这里是我们刚刚离开的干河谷。"

我蹲在马丁身旁,一起看着地上的图。"道路应该是这样的。"根据回忆,我又画出了几条道路,"从高速路下来后应该是这样的。"

"如果我们仔细看这些宝藏的位置,就会发现其实它们彼此离得都不远。"马丁指着地图说,"比如这个,比我输进全球定位系统装置中的第一个宝藏的位置更西一点儿。"马丁看着地上的线,接着说："这个位置的坐标和第一个宝藏的坐标之间只差 0.01 度。这意味着两者之间的距离只有差不多半英里，所以应该在这里。"他指向不远处的仙人掌，"所有的宝藏之间都应该有路。"

"没有全球定位系统装置，你是怎么记得这些的？"

马丁吃惊地抬起了头，说："因为这些坐标哇。你看，它们只是数字不同而已。"

我看着纸上的坐标，说："我从未想过这些数字是什么意思。我只是把它们输入全球定位系统装置，然后让全球定位系统装置来告诉我该怎么做。"我羞愧地笑了笑，但马丁却怒目而视，仿佛我冒犯了他。

马丁再次把注意力转向地面。"你是按照地图上的样子完整复制了这些道路吗？"

"是的。"我说。现在换我有点儿懊恼了，马丁似乎不太相信我，但他应该知道我的记忆力有多好。

"所以……如果我们在这里的某处，我们只需要径直朝东南方向前进，这样我们就能找到高速路了。"马丁站了起来，用手挡住刺眼的太阳光，看了一下四周。"如果有指南针就好了。"

"或者一个全球定位系统装置。"我说。

马丁指向某处，说："太阳从那边落山，所以那里大概就是西边。"然后他转向左侧。"这是南边。我们出发吧。"他一脚踢飞脚边不知什么东西，然后拿起一根钢棍。"这个可以让我们用来防身，以免被蛇咬伤。"他尝试着挥舞了几下钢棍。

我记得马丁的书上写道，你最好待在原地等待救援。但我们没有水。我的不断抽痛的大脑告诉我，我们必须尽快找到水源，越快越好。我焦虑地打量了一下四周，意识到天色渐暗。马丁又说对了。我们必须在天黑之前找到离开沙漠的办法。

虽然口渴，但我们必须前进。待在原地，我们只会因为脱水而死。

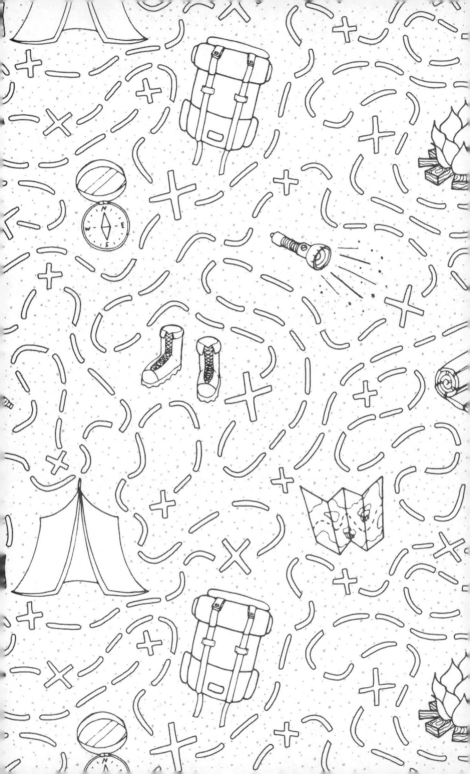

第七章

蛇、土狼和火

第七章　蛇、土狼和火

"太阳落山后，至少周围会变得凉快。"我说。虽然之前还有下雨的可能，但现在云已经飘走了。

我们周边的沙漠仿佛渐渐苏醒。一只可能是走鹃的大鸟倏地从我左边的灌木丛一飞而过。一只兔子突然蹿到了我们面前，然后又立即逃开了。

天空依然犹如一片温柔的蓝色大海，但山顶已经逐渐染上了玫瑰粉。灌木丛的前方有个小山丘，我本以为那里只有土，但在夕阳的照射下，我看到了一簇簇明亮的红色、橙色和黄色。到处都是蟋蟀的叫声。

我们踩着枯草和沙砾一步步前进。我不禁开始想，俱乐部可能早已到达会合点并且见到了其他团队，拖车也已经救出了面包车。所有人可能都已到达拉斯克鲁塞斯的酒店。他们已经饱餐一顿，也有各种饮料可以选择。想到这里，我又舔了一下嘴唇。

今晚的活动可能因为我和马丁的失踪而被取消了。实际上，可能整个活动都被取消了。他们多半已经给法院打了电话并且找到了我的爸爸。不知道当时他是不是正在出庭，妈妈可能正带着我的"弟弟"杰克和爷爷奶奶一起散步。

不知道是否有人在寻找我们。他们肯定带了很多水，很多很多水。说不定他们就在山上，马上就要找到我们了。再过一会儿，他们就会出现在我们身旁。

现在，我愿意拿出身边的一切来换点儿水喝。我这辈子都没这么渴过。我甚至都没有感到饥饿，我只想喝点儿水。

我揉了一下依然刺痛的眼睛，发现眼睛里还有沙子，这让我的视线有些模糊。天黑后，我几乎都看不清马丁了。

"走慢点儿！"我对马丁说。我跨过一坨已经干了的粪便，到处都是粪便。"我可不想在夜里撞到仙人掌。"很快，我们就什么也看不到了。道路到底在哪里？城镇和居民在哪里？沙漠无边无际，这里一无所有。

天色越暗，我和马丁就不由自主地靠得越近。我又看到一坨牛粪，但就在此时，"牛粪"突然伸展身躯，爬走了。

"蛇！"我因为恐惧而全身僵硬，"我们什么也看不清，在这种情况下我们不该继续前进。"我的心跳开始加速，"这里到处都有可能藏着响尾蛇！"

"好吧，你说得对。"马丁弯下腰，用他的钢棍清出一片空地供我们休息。在马丁再次站起身时，他猛地抓住了自己的头。"啊——我站得太快了，有点儿头晕。"

在图森市长大，意味着我们每个人都知道脱水会有什么症状。脱水会让人头晕，但现在我们没有任何办法来解决脱水的问题。

我坐了下来，感到自己的肚子很痛。地上的沙子滚烫，坐下来让我更加难受。停止前进后，我才意识到周围到处都是响声。习惯于在夜间活动的动物已经蠢蠢欲动，我甚至怀疑蝎子、蛇和咬人的蜥蜴已经将我们包围。

当我们听到身后的嗥叫声和嘶嘶声时，我和马丁相互看了一眼。

"我们需要生火。"马丁说，"如果我有火柴就好了。"

"嘿！"我拿出了口袋里的克洛维斯矛尖，"这是燧石，你的打蛇棒是钢做的，我们可以用燧石和钢来生火。"

"真的吗？"马丁拿起了手边的钢棍，"怎么生火？"

土狼抢在我前面做出了回答。它们的叫声从不远处的山脊上响起，仿佛合唱着一首不祥的歌曲。

"我们还需要一些燃料。"我说，"可以收集一些树枝，或者一些干燥的牛粪。但我们必须确定地上的是牛粪而不是蛇！还有这些高茎植物，可以试试。哦，我们需要先找到引火物。"我听起来像是一名生火高手。这是因为我知道，让自己充满信心能够事半功倍。"要想生火，我们需要点火器、引火物和可燃物。你口袋里有纱布吗？"我在衣服左侧的口袋里找出了一小团纱布。但这么一点儿纱布足够让火生起来吗？

马丁从口袋里拿出了那张写着藏宝位置的纸。

"哦，不错，这个应该可以点着火。"我说。

马丁撕下了没有字的下半张纸，然后把撕下的纸揉成一团，扔在我们找到的一堆东西中间。现在引火物和可燃物都有了，我拿着钢棍和燧石蹲了下来。

"你只需要撞击这两个东西，就会产生火花。"我假装自信地说，"爷爷跟我说过，他年轻时就曾用燧石和钢生过火，我还因为他的这段话专门查过资料，确定他不是在吹牛。你知道爷爷是个什么样的人。"

虽然那已经是很久之前的事了，但我清楚地记得关于燧石和钢的一切，好像我的大脑能够上网一样。但我只是读过如何生火的文章，我没有任何实际的生火经验。我用燧石撞击了一下钢棍，黑暗中亮起了几个明亮的火花。

"就是这样。"马丁激动地说。他看了一眼我们身后。

与此同时，土狼又发出了急促的嗥叫声。听起来有很多只土狼，而且它们正在向我们靠近。

"土狼要来了。"马丁说。他紧张地挥舞着自己的双臂。"快一点儿！"

我手忙脚乱地再次用燧石撞击钢棍。试了几次后，我意识到我应该把燧石放在下方，然后从某个特定的角度从上到下用钢棍撞击燧石。**当！当！当！当！**

一股大风把我们的引火物吹散了。"我们挡住风才能生火。"我说。

马丁用石头堆起了一堵小墙，我弯下腰靠近引火物，一次次地打出火花。阅读如何生火的文章远比在现实生活中生起火来简单得多。打出火花不是

问题，但为什么我无法成功生火？

土狼还在嗥叫。它们的声音让我越来越惊恐。

我尽力让自己的呼吸平静下来，我需要把全部精力投入到生火中。一个影子从我身边闪过，我努力让自己不去看那是什么。

"它们来了！"马丁喊道，"快点儿，快点儿！"

当！当！当！当！

第七章　蛇、土狼和火

我的双手因为体内肾上腺素激增而微微颤抖。我从前在家中听到过土狼的叫声，但在深夜的户外听到它们的叫声绝对让人更加惊恐。

终于，我用一个火花击中了纸团中央，纸团着了起来。我对着纸团轻轻吹气，终于，我们有了一点点火。

"小心，放太多可燃物可能会让火熄灭。"看到马丁开始往火里添干树枝，我忍不住提醒道。

火刚一生起，我们就看到几双绿色的眼睛在火光中闪闪发光。

"土狼吃人吗？"马丁问道。

"应该不吃。"我说。但我知道这句话无法安慰自己或者马丁。黑暗让本就可怕的声音变得更加恐怖，而隔开我们和土狼的只有刚刚生起的火。

我们尽可能地靠近火，并不断往火里添树枝。

要想让火坚持一整夜，我们还需要更多树枝。我们必须找到抵御黑暗的方法。

"不知道他们是不是已经告诉我爸妈我走丢了。"马丁说，"我爸爸肯定很生气，妈妈可能在哭。"

"可能大家已经开始找我们了。"我大声说道。如果我的声音足够大，说不定有人能够听到，那就太好了。"我们很快就可以回家了。"

我想起了我的"弟弟"杰克，杰克温暖柔软的额头上总有一圈香喷喷的毛发。我又想起奶奶、爷爷、妈妈、爸爸，以及我的房间和我的橡皮熊夜灯。我感觉自己喉咙发紧，赶紧摇摇头，让自己从幻想中清醒过来。

我拿起一片树皮，发现上面有两个洞，看起来像是一个"8"字形，这让我产生了一个想法。我用克洛维斯矛尖去刺树皮，矛尖刺进了树皮里。

"嘿，我可以用它制作一个墨镜！"我把树皮举到眼前说。

"难道不是先有眼镜才能制作墨镜吗？"

"我看过北极居民的照片，他们戴的用于预防雪盲症的护目镜中间有一条缝。"我说，"我们可以制作一个类似的墨镜来预防沙盲症。我只需要把这两侧削掉，然后在中间划出两条细缝就好了！"我拿起树皮对着火光仔细端详。

就在我开始制作护目镜时，我听到身后传来树枝断裂的声音。我转过身，望向黑暗中。

"那是什么？"我问。与此同时，灌木丛中又传来了鼻息声。

"到底是什么？"马丁问。他拿起钢棍举在身前。

我们不约而同地靠近彼此，背靠着背，提防着四周。不论黑暗中的东西是什么，感觉它的体积都比土狼要大。

　　紧张的几分钟过后，一切都安静了下来。马丁向前移动了一下，然后疲惫地躺在火堆旁。我们两个都受了伤，而且因为一下午没喝一口水而焦渴难耐。我不想去想明天太阳升起后会发生什么。我的肌肉紧绷，我像需要氧气一样需要水。

　　我抬起头，看到夜空中闪烁着无数颗白色的星星。"天空太浩瀚了。"我轻声道。

　　"沙漠也是如此。"马丁轻声答道。

　　我又看了一眼身后，然后拿起了我的护目镜，开始仔细聆听周遭一切奇奇怪怪的声音。蟋蟀的合唱热闹非凡，一只猫头鹰在远处鸣叫，马丁的那边传来轻轻的扑打声。

　　我一边守着火，一边用克洛维斯矛尖继续制作护目镜。

第八章

一头小野驴

有什么东西在我脸上呼吸。

我睁开眼睛，吓得叫出了声。在我身边熟睡的马丁也跳了起来，也开始大叫。一个巨大的动物在我面前摇晃，它长长的脸离我的脸只有几英寸^①的距离。

"啊!"庞然大物退了几步，让我终于看清了它的真面目。

"这是驴吗?"我指着这个身体短小而结实的动物问道。它虽然看上去有些吓人，但它灰色的脸庞像是若有所思，眼神也十分温柔。

"我觉得这是一头小驴。"马丁一边说一边急急忙忙地站了起来。他向小驴伸出了手，但小驴抬起头向一侧退了几步。"一头小野驴。"

---

① 英寸：英美制长度单位。1 英寸 = 2.54 厘米。

在我身边，昨晚的火堆还在冒烟。夜里比我想象中还要冷，能够生起火来真是一件幸运的事。沙漠怎么能够在白天如此炎热，而在夜里又如此寒冷呢？在此之前，我从未在户外度过一整夜，我家甚至没有帐篷。

我摸了一下昨天被仙人掌扎到的脚踝，又看了一眼我们的临时营地。太阳已经升起，但被云遮住了。如果老天能够下雨，我或许可以借雨水让我粘在上颌的舌头移动一下，或者让我肿胀、破裂的嘴唇好受一点儿。

"哎呀！"我低呼一声。我浑身都痛，我的声音听起来就像一只满嘴鹅卵石的青蛙。我坐在地上，仰望那头小野驴。我瞥了一眼它尾巴下面的地方，发现它应该是一头小母驴。

"一头小野驴。啊！不知道它想对我们干什么。"

我企图站起来走到小野驴旁边，但小野驴也避开
了我。

"哈啊——哈啊——"

"它可能想吃点儿东西。"马丁揣测道。

"哈——"小野驴的鼻孔大张着朝向我。

"如果我们能抓住它，或许我们可以骑着它离
开这里。"

"啊！"马丁呻吟了一声，用手捂住了自己的眼
睛，"我的眼睛好像被灼伤了。"

"我一直在跟你说，再这样下去，我们的眼睛
马上就要被太阳光灼瞎了。"我挥了挥护目镜，"但
我只做出了一个护目镜。"

"我早就想到了。"马丁眯着眼睛看着我，然后
拉低了他的帽檐。

我摸了一下自己的脸，上面都是已经凝固的盐

分。我一转头，随即感到头昏脑涨。就在此时，我看到小野驴即将走远。"快！我们必须抓住我们的坐骑。"

"要是我们有食物可以引诱它就好了。"马丁走在我身旁说。

"要是我们有食物就好了。"我说。

"要是我们有水就好了。"

"要是我们知道自己到底在什么地方就好了。"我说。

"要是我们没有离开风车就好了。"马丁说，"离开风车之后，我们好像一直都在转圈。我根本分辨不出任何方向。"

我用一根鞋带把护目镜绑在了自己的头上。我看了一眼四周，说："嘿！我完全可以透过细缝看到前方，我本来还担心把细缝做得太小了。现在我的眼睛感觉好多了，我们可以轮流戴护目镜。虽然你有帽子，但也可以用护目镜来保护眼睛。"

小野驴爬上了一道斜坡，我们深一脚浅一脚地踩着沙子，跟在它身后。我的鞋子因为没有了鞋带，里面很快进了许多恼人的小石子。

"啊！"马丁突然抱住小腿摔倒了。

"怎么了？"我紧张地问道，"你被蛇咬了？"我试图跑到他身旁，但因为头晕，只能停在原地。我感到有些恶心，不得不弯下腰，开始大口呼吸。

马丁揉了揉小腿，说："我的小腿突然抽筋了。"他慢慢站了起来，看起来和我一样虚弱。

"小腿抽筋是因为我们一直没有喝水。"我说。我的声音沙哑不堪。马丁的嘴唇已经开始脱皮，我也感到自己对水的渴望越来越迫切。我思想呆滞，行动缓慢，仿佛身处噩梦，在一片混沌中苦苦挣扎，不知道我们两个还能走多远。

我们已经走到了小野驴的身边，几乎可以触碰到它。小野驴抽动着耳朵，转过头来看我。

"哈——"它的鼻孔张得又大又圆，随即又恢复原状。

"如果它能够暂停一下，我会说服它我们并无恶意。"我一边说一边跟在小野驴的身后，"有的骑就太好了，即使只是一头驴。"

"一头小野驴。"

我踢到了一个锡罐，然后弯腰捡了起来。这里怎么会有锡罐呢？我思考了一下用什么办法能用锡罐吸引小野驴的注意。当我再站起身时，我险些因为激动而丢掉锡罐。

"马丁，看！"我指着前方喊道。小野驴正向一排柳树走去，仔细一看，柳树中间还夹杂着几棵小灌木。那是我们来到沙漠后看到的最绿的树。

"看什么？"马丁把手遮在自己的额头上。天空中的云已经飘走，炎热的阳光再次笼罩一切。

"快！"我磕磕绊绊地加快速度走向柳树。

"那是什么？你不是跟我说，我们不该奔跑吗？"马丁追到我身旁。

我们爬上坡顶后，看到下方有一条浅浅的蛇形河谷。河谷看上去就像一条河，唯一的区别是里面一滴水也没有。

"有柳树就意味着有水源。"我说。小野驴走到了干河谷里的一边，开始用蹄子刨地。

"它在做什么？"

在我们不断接近小野驴的过程中，它抬起头看了我们一眼，白色的鼻口上滴着水。

我们从干河谷上跳了下去，掉进了小野驴用蹄子挖出来的浅水坑里。我用手刨出一个更深的洞，我们两人一驴一起开始大口大口地喝水。水很浑浊，刺痛了我破裂的嘴唇，但我不在乎，能够喝到水真是太棒了。

喝了几口水后，我开始思考这里的水是否安全到足以饮用。水里都是沙子，不知道还有别的什么东西？但和担心得病相比，喝水解渴显然更为重要。我拿下了头顶的 T 恤。"给你。"我把 T 恤递给了马丁，"我们可以用它来过滤水。"

我把 T 恤铺在地上，用它裹住一团湿漉漉的沙子，然后把 T 恤放在锡罐上面，用力一拧，清水就透过衣服流到了锡罐里。

"这个主意太棒了。"马丁说。

我心中感到一丝暖意。马丁上次这样对我说话已经是很久之前的事情了。

　　锡罐里装满水后，马丁把水都喝了下去。之后，他拿起 T 恤，帮我也过滤了一罐水。拧水的整个过程让我的前臂酸痛不已，但当我开始喝水时，我感到前所未有的甘爽。

　　喝完水后，小野驴走了。我很不愿意看到它离去，毕竟，它是救了我们的大恩人。但我们的身体太过虚弱，根本跟不上也追不上它。干河谷陡峭的谷坡和学校的篮球网差不多高，创造了一片阴影。我们踩着洼地上湿漉漉的沙子，背靠谷坡坐着。烈日当空，而这里一片阴凉，我如释重负，再也不想动了。我叹了口气，摘下护目镜，揉了揉眼睛。

"小野驴带领我们找到了水源，这真是件值得感恩的事情。"我说，"如果没有它，我们可能就危险了。"

这时，我们同时听到了某种声音并抬起了头，我立刻察觉到这是直升机发出的"砰砰砰"的声音。直升机在空中是看不到躲在干河谷谷坡下的我们的。

我们挣扎着从湿漉漉的沙地上站起来，企图爬上谷坡以便直升机上的人能够看到我们。但我们越挣扎，脚在柔软的沙子里就陷得越深。在我们爬上谷坡之前，低空飞行的直升机已经飞远了。

"我们在这里！"马丁挥舞着手臂跳了起来。

我抓起湿漉漉的 T 恤，像挥动旗帜一样挥了起来，但他们没有看到我们，直升机没有回来。

第九章

马丁的自白

第九章　马丁的自白

"不！"我们绝望地大声喊道。

我们眼睁睁地看着直升机离我们而去。在直升机彻底从我们眼前消失之前，它开始不甘心地低空盘旋。我把 T 恤扔到了地上。他们根本无法看到这件 T 恤，这件 T 恤和周围的一切一样，都是土黄色的。马丁跪在地上，低下了头。

"我们应该把山地自行车上的镜子摘下来的。"我说道。此时我才记起马丁的书上把镜子称为救命工具的原因。"我们可以用镜子发出信号，发信号是紧急求援中最重要的事情之一。"

"你现在才说？早干什么去了？"马丁跳起来指着我说，"你这么聪明，觉得自己无所不知，却一开始没想起山地自行车上的镜子有用？"

"你也读了那一页，而且读了大概有 5 分钟，我又不是唯一一个读到信号镜的人！"我也对着他吼起来。

"不，只有你读过！因为我根本读不懂！"

"你为什么这么残忍……等一下……你说什么？"我因为头脑混乱而有些结巴，"你说自己读不懂是什么意思？"

马丁沉默了片刻，刚才的怒火和斗志已经从他身上消失了。"我也希望自己能够像你一样聪明。"马丁说道。他的声音如此之轻，以至于我差点儿没有听到他在说什么。

"你也很聪明啊！"

"不，珍。我必须全力以赴才能跟得上。比如在阅读方面，稍长一些的词汇，我就没办法理解了，而像大人看的那种密密麻麻全是字的书，我就更看不懂了。"马丁踢了一脚地上的石子，拒绝看我震惊的眼神，"所以我不知道你之前在说什么，哪怕你告诉我那些东西都是书上提到的，因为我根本读不懂。我只是在看书上的图片。"

"你只是看了图片？"我完全无法理解马丁在说什么。我和他一起长大，我以为我对他无所不知。

"所以我才这么热衷于俱乐部的活动。"马丁继续说道，"我可以理解全球定位系统装置和坐标的原理。我喜欢数字，它们很简单。但生活太不公平了，我那么努力地学习阅读，对你来说却易如反掌。而且，不论你读过什么，你总能记住。"马丁的声音越来越大。

"所以当你加入俱乐部后，我觉得你毁掉了我唯一擅长的一件事，这也是为什么我不想再当你的朋友、为什么想在寻宝游戏中击败你的原因，我只是想在一件事上比你强。"马丁终于重新看向我，"但你不允许这样的事情发生，对吧？你必须在每件事上都超过我！”

我俩默默无语，站在因为直升机的离去而安静无比的这片土地上。

"我本以为……我不知道……"我思考着该怎么说出自己的想法，我不敢看马丁的眼神，"我很抱歉！但说真的……你有阅读障碍？你确定吗？"我还是很难相信马丁刚刚说的话。

即使没有阳光，马丁盯着我的眼神也足以让我脸上发热，我不禁转过了脸。"我们应该……呃……留在这里，直升机说不定会回来的。但是我们需要阴凉，我去找些木头来搭个小棚子什么的。"

马丁转过身，气冲冲地向柳树和灌木走去。

我怎么会没有发现他有阅读障碍呢？我开始回忆我们之前一起合作过的项目，马丁完全隐藏了自己的问题。如果有他人在场，他会假装自己像普通人一样读书。

　　沙漠毒辣的阳光直直照在我的头上。我蹲下身捡起马丁的 T 恤，再次把它戴在头上。T 恤上虽然布满泥土，但十分凉爽。我看了一眼水源旁的阴凉，能够回到那里就好了。但我们不能躲在那里，躲在那里就没有人能够看到我们了。我们应该做的是用石头堆出一个求救信号。

　　我环视干河谷上面的开阔地带。对，就在那里，我们可以坐在那里等待救援，我们现在有水了。马丁说得对，我们需要阴凉。

　　"嘿，马丁，记得我们上次去图森市沙漠博物馆的时候吗?"我问。

　　"怎么了? 我觉得我们这次已经看够沙漠了。"

　　"我们能不能像博物馆里展示的那样搭建一个庇护所?"

马丁沉默了片刻，说："应该不行。他们把杆子固定在土里支撑屋顶，而这里的地面太难挖了。"

我思考了一下这个问题。有什么办法既能遮阳，同时又能让救援人员看到我们呢？我回忆了一下之前见过的图片，比如在空旷的荒野搭建的帐篷……对！我们可以做一个圆锥形帐篷。所有的杆子可以相互支持，而我们也不用再挖地面。

马丁从树荫下走了出来，手中拖着两根比他还高的木头。我走过去帮他，说："太棒了！我们只要再找一根木头就可以做圆锥形帐篷了。"

马丁放下木头，看了一眼四周。

"我们可以利用丝兰的长茎。"我小心翼翼地走过一丛多齿的灌木，来到了一株丝兰旁边。丝兰的叶子又绿又长，正中心就是一根笔直的燕麦色的长茎。我一把抓住丝兰的长茎，将其折断。在拖着这根长茎往回走的路上，我意识到自己已然疲惫不堪，头昏眼花。由于我们已经严重脱水，我们需要立即停止工作，多喝水。但直升机马上就要回来了，很快我们就能喝到我们所需要的干净而又清凉的冰水了。

我把这根长茎放在其他两根木头旁边。"在救援人员到达之前，我们应该躺在地上，比起站着，躺着更容易被发现。我是在……一本书上……读到这一点的……"我的声音越来越小。

马丁眯着眼睛看着我。他弯下身，抽出右脚鞋子上的鞋带。我们把长茎和木头的一端系在一起，让它们相互倚靠着立在地上，然后用岩石加固，以便整个架子不会塌下来。

"接下来呢？"马丁一边打量"帐篷"一边问道。

我想起之前看到的照片，说："如果我们把柳枝横绑在架子中间，再把柳枝和树叶编进架子里，这样就可以填满空隙，挡住阳光。"

忙于手边的事，让我们避免对视或者对话。马丁的另一根鞋带也被用来绑树枝了，但我们还需要更多的绳子。

我从口袋里拿出耳机。"不知道耳机线能不能用。"

看到我手中的耳机，马丁睁大了眼睛。

"你为什么不早说自己有耳机？"马丁一把夺过耳机，开始在地面疯狂地寻找着什么。

"什么？"我大惑不解地问，"你在做什么？"

"不早说！"马丁自顾自地嘟囔道。他找到一块石头，将耳机一下子砸得四分五裂。

"嘿！我只说可以用它当绳子，没说要把它砸碎！"

耳机已经一分为二，里面的东西掉了出来。马丁从中揪出了一个微小的圆形物体，上面还有一个黑色的圆圈。马丁举起手中的东西，说："我一直在想什么东西可以用来当磁石，而一直以来其实你口袋里就有一块！"

我跺了跺脚。"马丁，你在说什么？"

马丁对我眨了眨眼，又从口袋里拿出那张写着宝藏位置的纸。他取下纸上的订书钉，并把订书钉放到了耳机旁边。"我们可以做一个指南针帮助我们离开这里。"

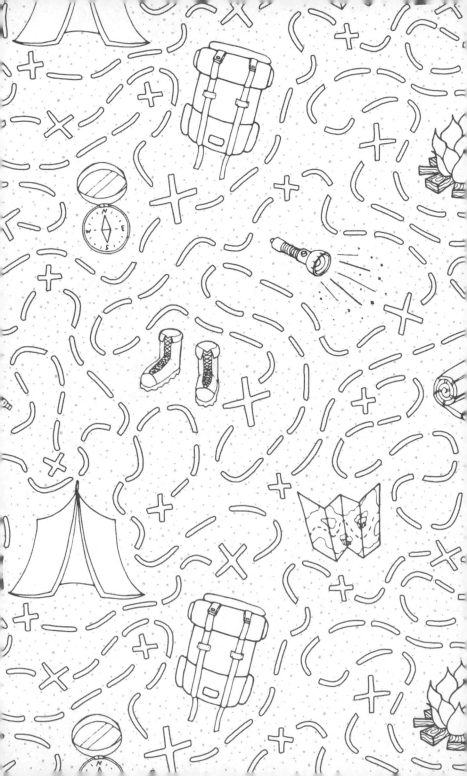

第十章

指南针和帐篷

第十章　指南针和帐篷

马丁走开了，我磕磕绊绊地追了过去，下到干河谷，完全忘了刚刚搭建到一半的圆锥形帐篷。"怎么做？你怎么做一个指南针？"

马丁从地上捡起了一片干枯的树叶，蹲在浅水坑前，把树叶放了进去。"我和妈妈在家做过指南针，但我们用的是曲别针、冰箱贴和木栓。这一路上我一直在寻找磁石。"马丁笑着把订书钉扳直。

"我还真不知道耳机里有磁石。"我说。

马丁把订书钉和磁石放在一起，然后像点火柴一样让两者摩擦。"大概需要擦五十下。"他一边解释一边默默数数。终于，他拿起了订书钉，说："现在它已经被磁化了。"

马丁把订书钉放在了那片静静漂浮在浅水坑里的树叶上。当订书钉和树叶开始在水上缓慢旋转时，我们都不禁深吸了一口气。

"成功了!"我说。

"它被地球磁场牵引着转起来了。"马丁说道。他的眼神充满希望。"我原本不确定这样做是否有用,但是快看!"他指着订书钉和树叶。

订书钉停了下来,指向一个方向。

马丁看了一眼订书钉指向的方向,说:"那是南北线。太阳早上就是从那边的某处升起的。"马

丁挥舞着他的左手，"那是东边，这意味着我们身后就是磁北，我们还需要找到真北。我们这里的偏磁角大约是八度，所以真北应该在这个方向。"

我站了起来，不解地问："什么？再向东八度？这不对吧。北就是北，我从未听说过'偏磁角'。"

马丁放下手臂看着我。"你在说什么？你参加寻宝活动却不知道磁北和真北的区别？"

我挡着眼睛，望向马丁刚才指出的方向。"我都是依靠全球定位系统装置的。"我说。这听上去让人有些惭愧。

"不会吧？听着，相信我，根据我们在地上画出的道路来看，我们应该朝东南方向前进。所以，如果我们把偏磁角计算进来，我们应该朝这个方向前进。"马丁指着一个方向说。

我又看了一眼指南针，不确定地说："指南针告诉我们，东南应该是这个方向。"

"珍，指南针指向的是磁北，偏磁角是磁北和真北之间的夹角。在这里，偏磁角为向东八度。所以，我们只需要从磁北减去这八度就能找到真北。"

这真是个重大的决定，我不愿意在如此重大的事情上做出错误的选择，我们必须确保我们的方向是正确的，不然的话，我们可能一路和我们要找的高速路平行而不自知。我们可能会因此死去。突然，我害怕得只想留在原地。

"我不确定，说不定直升机还会回来。"我强调说，"我们应该留在原地。"

马丁叹了一口气，摘下帽子，抹了一把他又黑又短的头发，然后凝视着地平线，仿佛我们现在知道哪个方向有路，他就能使一条路出现似的。马丁跪在地上，从树叶上拿起订书钉，把它放回口袋。

"你说不定是对的。这里有水，我们可以在这里再待一天，说不定在这期间直升机会回来的。但如果他们今天没有回来，我们明天一早就出发。"

在等待救援的期间，我们在地上用岩石堆了一个巨大的求救信号。我一直盯着空中，等待直升机的声音再次响起。但我唯一看到的只有远方的沙尘暴，沙尘盘旋直上，升到几百英尺的高空，旋转了一会儿，然后四散开来，消失不见，无法与之前把我们困在这里的沙尘暴相提并论。

我的眼睛再次隐隐作痛，我又戴上了护目镜。马丁表示自己有帽子已经足够，但我觉得他之所以这样说，可能只是因为担心我。

为了建成圆锥形帐篷，我们用克洛维斯矛尖切下一条条柔软的柳枝。"我们可以把这些柳条编进水平的树枝和三根支柱形成的框架里。"我说，"我来把底部弄好，再给门留个地方，你来负责上面的部分。"

　　当我们用柳枝填满圆锥形帐篷的框架时，太阳已经快下山了，整个沙漠都被柔光所笼罩，我突然感到腹内空空。在炎热的白天，我并没有感到饥饿，但随着天气逐渐凉爽下来，特别是在喝了一些水后，我变得饥肠辘辘。我们已经有差不多两天没

有吃饭了。

两天了，我们已经失踪很久了，不知道我们的家人是否已经聚集在了拉斯克鲁塞斯，和救援人员在一起，为我们担心？我本以为他们会轻而易举地发现我们，为什么救援人员现在还没有找到我们？我知道这两个问题的答案。我们不该在发现自己迷失后又继续移动。如果我们因为走得太远而没人能找到我们，那该怎么办？我有些哽咽。我可不想在这里死去，我想回到家人身边，我要活下去，我们两个都要活下去。

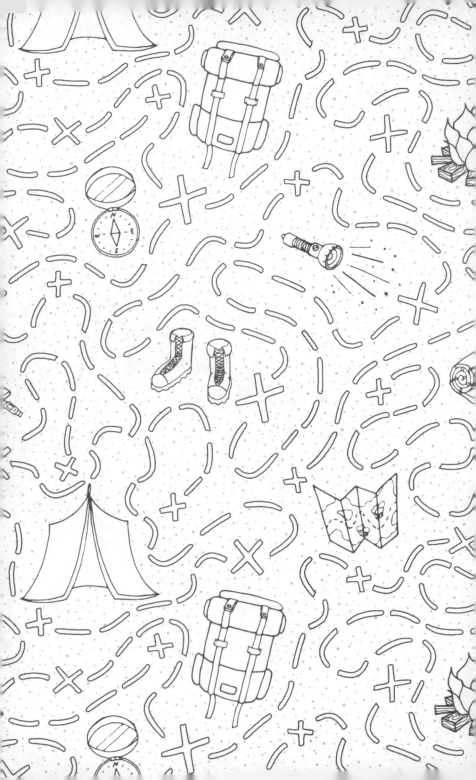

第十一章

小野驴再次出现

第十一章　小野驴再次出现

我们收集了一些枯草铺在帐篷里面，帐篷不大，勉强容得下我们两个。

"我们不会再像昨天一样受寒了。"马丁一边说一边躺了下来，几乎占据了帐篷里的所有空间。"因为我们有甜蜜的小家。"

"我们又幸存了一日。"我刚一说完这句话，随即发现话题有些沉重。"**幸存**"，此时此刻，这是一个恐怖的词，不像在家看《生死选择题》或《幸存者》这样的电视节目所感受到的那样。现在，我们面对着真正的挑战。我们会死在这里吗？我们还能再幸存一日吗？马丁坐了起来，我趴在他身边，我们静静地看着黑夜中的星空。

"他们应该已经搜寻过这里了，多半不会再回来了，对吧？"马丁说。

他的话很快被土狼打断了。

"又是土狼？"我大喊一声，爬向我专门为了生火而清理出来的地方。

通过不断练习，用克洛维斯矛尖和钢棍生火变得容易起来。这一次，我们已经在周围堆了三堵岩石墙来为可燃物挡风。马丁又从那张写着宝藏位置的纸上撕下了更多纸，揉成纸团用来生火。在多次撞击克洛维斯矛尖和钢棍之后，火花落在了纸团上。我爬着靠了过去，在纸团上轻轻吹气。终于，火生起来了。"火来自石头和钢铁。"我自豪地宣称。

和昨晚一样，又出现了树枝断裂的声音。我定睛一看，只看到一只灰色的驴屁股消失在柳树间。

"应该就是昨晚那只小野驴。"马丁道，"它要么特别喜欢火，要么就是一直跟着我们。"

"我不在乎它是不是一直跟着我们，我觉得它这样做就是为了保护我们。"我一边说，一边回到了帐篷里。

夜晚最初的声音是咔嗒声和鸣叫声。我听到一阵细小的嘎吱嘎吱声，就在我们附近的某处。土狼也在附近嗥叫，但这一次不像昨晚那样让人惊恐，毕竟我们有了帐篷，也生起了火。实际上，它们的歌声和寂静的沙漠背景十分相配。我本以为这里的沙漠会因为缺少巨大的仙人掌——就像我家附近索诺拉沙漠中有的那种——而显得荒芜，但现在我发现这里的沙漠有其独特的魅力。

我又开始思考明天该怎么穿越这片广袤的土地。马丁比我更擅长数学，我相信马丁可以找到正确的方向。

"我们应该跟着你的指南针走。"我对马丁说，"你在这方面特别擅长。好比说，你是怎么知道风车的原理的？我根本不知道该怎么让风车启动，我也不知道怎么用磁石做一个指南针。我记忆力很好，但你一直在研究事物的原理，你真的了解它们是怎么运作的。这种能力可比记忆力有用多了。"我腼腆地轻轻推了一下他的胳膊，说："如果我们一起合作，我们能解决任何问题。"

马丁终于对我露出了之前我们还是最好的朋友时才会有的那种笑容。直到看到他的笑容，我才知道自己有多么怀念它。我也笑了，这让我们两人之间的紧张气氛烟消云散。我知道，我们又是好朋友了。

马丁捅了一下我的胳膊。"**哎呀，天哪。**"

"**大火球！**"我一边笑一边回敬他。

但在看到天空中无数的星星时，我的笑容消失了。我很想念自己的家人，很想家。我怀念在口渴时可以随时喝到自来水、在炎热时可以随时跳进游泳池的感觉。我怀念那种安全感。

我们真的还能回到家吗？

当凌晨的阳光染红天空时，我们又整装待发。直升机没有回来，我们需要自己找到回家的路。

我的头好像好多了。我带好锡罐里的水，戴上护目镜，在头上包好 T 恤，最后带上指南针。我们又朝沙漠出发了。这一次，我们用指南针找好方向，减去偏磁角的误差，开始向着远处一个山脊出发。山脊的中间凹下去了，看起来就像一把椅子。我们把山脊当作地标物，笔直地向着它前进。

我们下定决心，一步也不能停。今天的沙漠看起来和昨天有些不同。昨天我还以为这里一片死寂，现在我却觉得这里一派生机。

我们走了很长时间，谁也没有说话，我们必须节约体力，闭紧嘴巴，努力不让自己出汗，尽量少喝点儿水。突然，马丁看了一眼身后，僵住了。我回头瞥了一眼，瞬间感到全身的肾上腺素激增。

"哦，不！"我喊道。

看起来又一场沙尘暴即将到来。我们头顶湛蓝的天空和身后黑压压的乌云形成了鲜明对比。一堵巨大的由灰尘和杂物组成的气墙正以令人目眩的速度穿过沙漠，马上要到我们身边来了。

"记住附近的地标物！"在沙尘暴席卷而来之际，马丁用力喊道，然后用手抱住了自己的头。

我低下头，盯着东南方向。猛烈的沙尘暴像火车一样在咆哮，我们再次被沙子和尘土包围、笼罩。

我闭上了眼睛。沙子不断抽打和刺痛着我露在外面的胳膊。狂风在我耳边怒吼，好像有意阻止我们离开此地。我感觉仿佛有无数根锋利的小针刺在我的脸上和脖子上。我嘴里都是沙子的味道，只好让自己屏住呼吸。

过了一会儿，当我略微睁开眼时，我惊奇地发现我居然还能看清四周。我的护目镜保护了我的眼睛，让我的眼睛几乎没有受到风沙的伤害。

我抓住马丁的手，牵着他徐徐前行，我知道我们该朝哪个方向前进。马丁抓紧我的手臂，磕磕绊绊地走了起来。马丁喊了声什么，但在沙尘暴中，我什么都听不清。

我勉强朝着正确的方向前进。狂风不断把沙子吹进我的耳朵里，我停了下来，把 T 恤拉下来保护耳朵。但当我再次抬起头时，我找不到地标物了，我明明只低头把视线移开了一小会儿！

我绝望地四处张望。我怎么可能这么快就认不出地标物了呢？周围似乎只剩下了尘土！我们正处在尘土组成的狂风暴雨之中，从我眼前呼啸而过的草屑和树枝让我头晕目眩，我该往哪个方向走？

就在此时，我看到了它，前方的一个阴影。那是什么？

一个有着四只脚的阴影正在向我靠近。那是一张长着长耳朵的长脸吗？是我们的小野驴吗？我尝试着去碰它，但它却退了几步。

我向前走了一步，然后又走了一步。马丁抓着我的手，我拉着他一点点地向前移动。沙尘顺着我的鼻子进到我的喉咙里，我紧紧闭上嘴巴，企图阻止沙子的入侵。我们必须坚持下来。

我朝着小野驴缓慢移动。地面突然呈下坡趋势，我险些摔倒。重新站好后，我一边拉着马丁，一边小心地继续前进。当我再次抬头时，我看到周围又多了许多阴影。那些是什么东西？

沙尘暴势力减弱了。我看了一眼四周，发现自已已经能够看清东西的轮廓了。那是一辆卡车吗？我看了一眼脚下。

黑色沥青，黄色条纹，我们正站在高速路上，很多车停在路的两侧。我们直接走到一辆陈旧的卡车旁。

"马丁。"我小声道。

马丁抬起头望向四周。就在此时，卡车司机看到了我们。

卡车司机的眼睛瞪得越来越大。他张开了嘴，"沙漠魅影！"他嘟囔道。

我摘下护目镜，在卡车的车窗上看了看自己的样子。我头上裹着 T 恤，除了之前护目镜遮住的部位，我身上的其他部位都覆盖着一层沙土，一手拿着一个空锡罐，一手拉着我最好的朋友。我们俩又脏又黑，都在脱皮。

我转向那个以为我们是"沙漠魅影"的司机。

"我们能借用一下你的手机吗?"我问道。

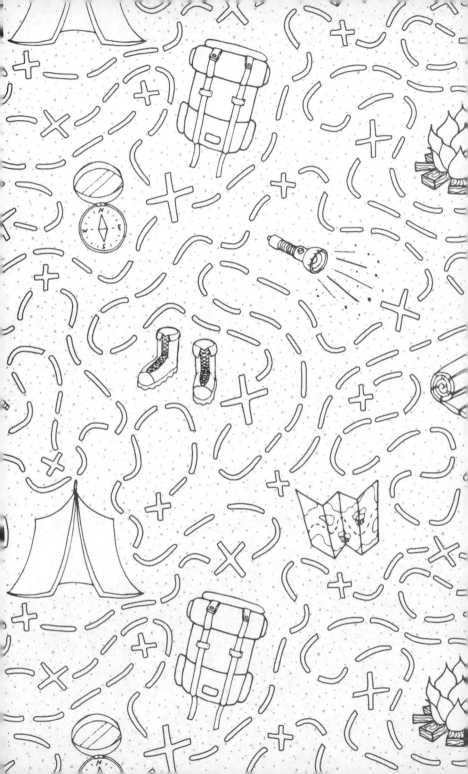

第十二章
两个月后

第十二章　两个月后

两个月后，图森市。

"哇!"记者的声音将我从回忆拉回现实，他拿起手机并停止录音，摇了摇头，仿佛自己刚刚走出奇瓦瓦沙漠。

"是我的孙女!"爷爷笑着对我眨了眨眼，"所有见过她的人都感到不可思议，这其中包括来自新墨西哥州考古研究办公室的专业人员。"

"的确如此。"记者道，"克洛维斯矛尖后来怎么样了?我可以看一下吗?"

我摇了摇头，说："考古学家把它拿走了。我们不该移动文物，但它的确拯救了我们。"

我弯下身，抱起了经过我脚边的小狗杰克，把头埋进它柔软的毛发里，想起我在沙漠里学到的东西，比如家人和朋友对我是多么重要，而正是对他们的思念给了我永不放弃的决心。

"考古学家决定放过我们，但李先生却没有这么宽宏大量——我们的爸爸妈妈和李先生态度相同。我们因为离开面包车而惹了大麻烦，然后我们还走丢了，这让所有人不得不参与到对我们的救援行动当中。李先生已经和我们各自的爸爸谈过了。我爸爸是一名法官，他知道各种各样通过参加社区服务来服刑的方法，所以我们现在仍然在做志愿工作，和亚利桑那州的荒野管理员一起在沙漠里捡垃圾。"

"你和马丁？不是因为马丁你们才离开面包车的吗？"

"不论怎么说，我们都违反了规定。"朋友可不能出卖朋友。

沙漠和友谊有点儿相似。它可能很危险，里面的任何生物都有可能伤害你或者咬到你，但同时，

它也充满活力和生机。总体来说，经历的所有困难
都是值得的。

"你奶奶说得对。"记者说，"你真是既聪明又
坚强！马丁后来怎么样了？他意识到其实自己也很
聪明了吗?"

"哦，天哪，当然！"我说，"他请了一名新的
暑期家教教他阅读。我们下周就要开学了，他肯定
觉得自己是整个七年级最聪明的男生。"

记者笑了，也拿起一块奶油泡芙。

"最聪明的**男生**。"我强调道。

记者若有所思地咀嚼着。"我还有一个关于第
二次沙尘暴的问题。你觉得你当时看到的影子就是
带领你们走到高速路的那头驴吗?"

"我更愿意把它想象成我们的沙漠天使，但我
认为，真正带我们走出沙漠的是我和马丁通过团队

合作找出的解决方案。"

记者点了点头，又在他的笔记上潦草地写了些什么。

"以及，准确地说，那实际上是一头小野驴。"我补充道，"一头可爱的小野驴。"

作者的话

我开始研究发生在沙漠中的故事的原因之一，就是听到了两个最近发生的、截然不同的悲剧。这两个悲剧中的游客都死在了烈日之下，而他们之前都不了解沙漠气候。我对这些悲剧的细节了解得越多，就越感到悲伤——他们都是在携带饮用水的情况下因为缺水而死，或者车被困在野外后，在徒步寻求帮助的路上失去生命的。这些悲剧深深地打动了我，因为它们看上去可能会发生在任何人身上。对像我这样的人来说，在炎热的天气徒步行走听上去并没有那么恐怖。

我希望《绝地求生》能够有一部关于沙漠的作品，因为我想学到更多相关知识，我想将沙漠安全小贴士分享给那些可能还不熟悉沙漠危险的人。

我去了本书故事的发生地，采访了新墨西哥州搜救委员会的成员，徒步走过了干河谷，在沙漠中野营。我被那里的声音、气味和美景迷住了。

　　找到关于著名的索诺拉沙漠的信息并不难，但奇瓦瓦沙漠更吸引我，因为要找到奇瓦瓦沙漠的相关信息更为困难。此外，这里还是北美洲物种最为丰富的沙漠之一。奇瓦瓦沙漠有超过130种哺乳动物、500种鸟类、3000种植物，甚至还有超过110种淡水鱼。

　　很难想象，在如此残酷的环境里居然生活着这么多生物，但正如谚语所说的那样，"生命能够找到自己的出路"。我还想知道，故事中的主角们是怎么像当地土生土长的动物一样，找到办法生存下来的。在我为这套书进行调研的过程中，我发现有些人能够生存下来完全是因为他们有坚定的求生意志。"野外求生"一直是一个吸引人的主题，让人不禁想问，如果我遭遇了这样的事情，我会怎么办？其他人又会怎么办？到底会因为惊慌失措而放弃，还是集中精力、找到一切办法来战斗，生存下去？

虽然我创作的故事基于真实事件，但其中部分细节是虚构的，包括主角的名字和几个背景设置。虽然你能在新墨西哥州的部分地区找到野驴的很多信息，但在这个故事设定的地点出现野驴其实是虚构的。

那么，面临相同的困境时，你该怎么做呢？

新墨西哥州搜救委员会的
野外生存指南

写下一个完整的计划

在开始任何旅行前，花点儿时间写下一个完整的计划。把计划交给一个可靠的伙伴，以便发生紧急情况时对方可以通知相关机构，比如警察局。

★ **目的地**

★ **出发的日期和时间**

★ **预计回家的日期和时间**

★ **活动类型**

★ **所需装备**

★ **所需衣物和鞋子**

★ **急救箱**

★ **个人信息**

★ **车辆信息，包括车辆外貌、车牌号和预计停车地点**

★ **身体状况和患病状况，所需药物**

★ **个人或团队的手机号码**

如果迷失了该怎么办?

当确定迷失后,除非还有更好的办法,你可以采取下面的建议:

1. 不要惊慌。

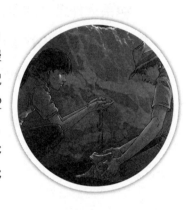

坐下来,深呼吸,反复几次,吃一点儿食物,喝一点儿水,慢慢休息,等待自己平静下来。记住,一般在野外迷失的人会在 72 小时内被找到。如果你要移动,记得用明显的方式标示出自己移动的方向。这样,救援人员能够更轻松地找到你。

2. 待在原地,不要朝其他未知的地方移动。

对救援人员来说,找到固定的目标比找到移动的目标简单得多。

3. 发送紧急信号。

开三枪或者吹三声哨，停顿片刻后，再次重复。

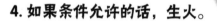

4. 如果条件允许的话，生火。

5. 尽量让自己保持温暖干燥。

6. 可能的话，制作和饮用温热的液体，哪怕只是热水也好。

7. 如果必要的话，打造一个简易的庇护所，这可以帮你挡风避雨。

在新墨西哥州，即使在炎热的夏天，人们也可能体温过低。如果地面上有大量积雪，挖一个简单的雪穴并在四周铺上松树枝一类的东西，能让你获得更加温暖的环境。在寒冷的天气，雪有很好的隔热功能。你也可以考虑躲在大树下或悬岩的底部。

8. 试试你的手机。

即使不在服务区内，你也有可能成功报警或发出求救短信。所有的电话网络供应商都必须为拨出的报警电话提供服务。如果足够安全的话，你可以尝试从高处拨打电话。即使电话无法播出，你的手机可能还有其他用处。如果你在夜晚听到直升机的声音，那多半是寻找你的直升机。你可以用手机发出的光吸引飞行员的注意力。因此，节省用电至关重要。

9. 再次重复：

不要惊慌！

野外旅行的基本装备

· 水和食物

· 导航装置：地形图、罗盘、全球定位系统装置

· 防晒用品：帽子、太阳镜、防晒霜、应急毯

· 应急衣物：羊毛帽、手套、袜子、雨衣

· 通信装置：口哨、信号镜、手机

· 点火和照明装置：火柴、蜡烛、点火器、刀、

带新电池的手电筒

· 急救箱：其中包括针、线、安全别针和药品

· 来自新墨西哥州搜救委员会的野外生存指南 ·

致谢

在我为本书进行调研期间，我通过许多渠道收集了包括书籍、报道、笔录等在内的各种信息。我希望感谢下列人士，是他们为我提供了正确的答案并把我指向了正确的方向。我个人为本书的任何谬误负责。

美国新墨西哥州搜救委员会主席、搜救犬教

练玛丽·K.沃克，拉斯克鲁塞斯梅西亚山谷搜救队的维克·比利亚洛沃斯和内德·图特尔，美国亚利桑那州图森市亚利桑那州索诺拉沙漠博物馆的员工、亲切友善的向导杰克·多米尼，全球定位系统专家布鲁斯·汤姆林森，以及和往常一样，感谢我的合作伙伴马西娅·韦尔斯、埃米·费尔纳·多米尼、卡罗琳·斯塔尔·罗斯和西尔维娅·穆斯格罗夫。

DUST STORM! by Terry Lynn Johnson
Copyright © 2018 by Houghton Mifflin Harcourt Publishing Company
Illustrations copyright © 2018 by Houghton Mifflin Harcourt Publishing Company
Published by arrangement with Houghton Mifflin Harcourt Publishing Company
through Bardon-Chinese Media Agency
Simplified Chinese translation copyright © 2020 by China South Booky Culture Media Co., Ltd.
ALL RIGHTS RESERVED

著作权合同登记号：图字18-2020-007

图书在版编目（CIP）数据

绝地求生. 荒漠劫难 /（加）特里·约翰逊著；王
旸译. --长沙：湖南文艺出版社，2020.8
书名原文：Survivor Diaries Dust Storm!
ISBN 978-7-5404-9674-6

Ⅰ. ①绝… Ⅱ. ①特… ②王… Ⅲ. ①儿童小说—中
篇小说—加拿大—现代 Ⅳ. ①I711.84

中国版本图书馆CIP数据核字（2020）第082592号

上架建议：儿童文学

JUEDI QIUSHENG · HUANGMO JIENAN
绝地求生·荒漠劫难

作　者：	[加]特里·约翰逊
译　者：	王　旸
出 版 人：	曾赛丰
责任编辑：	丁丽丹
策划编辑：	何　淼
特约编辑：	张丽霞
营销支持：	付　佳
版权支持：	辛　艳　张雪珂
封面设计：	潘雪琴
版式设计：	马俊赢
版式排版：	金锋工作室
出　　版：	湖南文艺出版社
	（长沙市雨花区东二环一段508号　邮编：410014）
网　址：	www.hnwy.net
印　刷：	嘉业印刷（天津）有限公司
经　销：	新华书店
开　本：	860 mm × 1200 mm　1/32
字　数：	51千字
印　张：	5
版　次：	2020年8月第1版
印　次：	2020年8月第1次印刷
书　号：	ISBN 978-7-5404-9674-6
定　价：	19.90元

若有质量问题，请致电质量监督电话：010-59096394
团购电话：010-59320018